기획의 말

그리운 마음일 때 'I Miss You'라고 하는 것은 '내게서 당신이 빠져 있기(miss) 때문에 나는 충분한 존재가 될 수 없다'는 뜻이라는 게 소설가 쓰시마 유코의 아름다운 해석이다. 현재의 세계에는 틀림없이 결여가 있어서 우리는 언제나 무언가를 그리워한다. 한때 우리를 벅차게 했으나 이제는 읽을 수 없게 된 옛날의 시집을 되살리는 작업 또한 그 그리움의 일이다. 어떤 시집이 빠져 있는 한, 우리의 시는 충분해질 수 없다.

더 나아가 옛 시집을 복간하는 일은 한국 시문학사의 역동성이 드러나는 장을 여는 일이 될 수도 있다. 하나의 새로운 예술작품이 창조될 때 일어나는 일은 과거에 있었던 모든 예술작품에도 동시에 일어난다는 것이 시인 엘리엇의 오래된 말이다. 과거가 이룩해놓은 질서는 현재의 성취에 영향받아 다시 배치된다는 것이다. 우리는 현재의 빛에 의지해 어떤 과거를 선택할 것인가. 그렇게 시사(詩史)는 되돌아보며 전진한다.

이 일들을 문학동네는 이미 한 적이 있다. 1996년 11월 황동규, 마종기, 강은교의 청년기 시집들을 복간하며 '포에지 2000' 시리즈가 시작됐다. "생이 덧없고 힘겨울 때 이따금 가슴으로 암송했던 시들, 이미 절판되어 오래된 명성으로만 만날 수 있었던 시들, 동시대를 대표하는 시인들의 젊은 날의 아름다운 연가(戀歌)가 여기 되살아납니다." 당시로서는 드물고 귀했던 그 일을 우리는 이제 다시 시작해보려 한다.

기획의 말

그리운 마음일 때 'I Miss You'라고 하는 것은 '내게서 당신이 빠져 있기(miss) 때문에 나는 충분한 존재가 될 수 없다'는 뜻이라는 게 소설가 쓰시마 유코의 아름다운 해석이다. 현재의 세계에는 틀림없이 결여가 있어서 우리는 언제나 무언가를 그리워한다. 한때 우리를 벅차게 했으나 이제는 읽을 수 없게 된 옛날의 시집을 되살리는 작업 또한 그 그리움의 일이다. 어떤 시집이 빠져 있는 한, 우리의 시는 충분해질 수 없다.

더 나아가 옛 시집을 복간하는 일은 한국 시문학사의 역동성이 드러나는 장을 여는 일이 될 수도 있다. 하나의 새로운 예술작품이 창조될 때 일어나는 일은 과거에 있었던 모든 예술작품에도 동시에 일어난다는 것이 시인 엘리엇의 오래된 말이다. 과거가 이룩해놓은 질서는 현재의 성취에 영향받아 다시 배치된다는 것이다. 우리는 현재의 빛에 의지해 어떤 과거를 선택할 것인가. 그렇게 시사(詩史)는 되돌아보며 전진한다.

이 일들을 문학동네는 이미 한 적이 있다. 1996년 11월 황동규, 마종기, 강은교의 첫 시집을 복간하며 '포에지 2000' 시리즈가 시작됐다. "생이 엄혹하고 헐거울 때 이마를 가슴으로 암송했던 시를, 이미 절판되어 오래된 명성으로만 만날 수 있었던 시를, 동시대를 대표하는 시인들의 젊은 날의 아름다운 연가(戀歌)가 여기 되살아납니다." 당시로서는 드물고 귀했던 그 일을 우리는 이제 다시 시작해보려 한다.

분홍색 흐느낌

문학동네포에지 028

신기섭 시집

분홍색
흐느낌

시인의 말

옥탑에서 겨울을 맞는다.
추억이 되지 못한 기억들을 너무 오래 데리고 살았다.
그것들을 이곳에다 묶어놓는다. 첫 시집,
이 시집을 언제나 곁에 계신 할머니에게 바친다.
미친듯이 기뻐 보이는, 눈이 내리고 있다.

겨울, 옥탑에서
신기섭

차례

봄눈

오래 자다 일어난 것 같은데 어둡다 문득 잠결에 친구의 전화를 받은 기억, 그러나 그 친구 이미 오래전 스스로 목을 매달고 죽은 기억, 죽어놓고도 생전처럼 또 묻던 그 말; (어떻게 하면 편하게 죽지?) 일어나 불을 켜고 창을 열자 파란불 들어 길을 건너는 인파들처럼 방안으로 건너오는 눈발들, 눈발들도 (어떻게 하면 편하게 죽지?) 창을 닫자 채 들어오지 못한 눈발들도 창을 치며 창틀에 주저앉으며 (어떻게 하면 편하게 죽지?) 그러다 다행히 새벽 파란불 맞아 다시 촘촘하게 모여 한세상 건너가는 눈발들 새벽빛 스며 새파랗게 마치 풀밭처럼, 아니 적어도 내 눈 속엔 싱그러운 풀밭 소풍을 가 눕고 싶은 새파란 풀밭 다시 창을 열고 받아주기엔 너무도 광활한 풀밭 내가 먼저 달려나가 눕고 싶은 풀밭 그래서 창을 열고 쓰다듬다 손이 빠져 밑을 보니 아주 깊은

깊은

추억

봄날의 마당, 할머니의 화분 속 꽃을 본다.
꽃은, 산소호흡기 거두고 헐떡이던
할머니와 닮았다 마른 강바닥의 물고기처럼
파닥파닥 헐떡이는 몸의 소리
점점 크게 들려오더니 활짝
입이 벌어지더니 목숨을 터뜨린 꽃,
향기를 내지른다 할머니의 입속같이
하얀 꽃, 숨쉬지 않고 향기만으로 살아 있다.
내 콧속으로 밀려오는 향기, 귀신처럼
몸속으로 들어온다 추억이란 이런 것.
내 몸속을 떠도는 향기, 피가 돌고
뼈와 살이 붙는 향기, 할머니의 몸이
내 몸속에서 천천히 숨쉰다.
빨랫줄 잡고 변소에 갈 때처럼
절뚝절뚝 할머니의 몸이 움직인다.
내 가슴속을 밟으며 환하게 웃는다.
지금은 따뜻한 봄날이므로
아프지 않다고, 다 나았다고,
힘을 쓰다 그만 할머니는 또
똥을 싼다 지금 내 가슴 가득
흘러넘치더니 구석구석
번지더니 몸 바깥으로 터져나오는
추억, 향기로운 나무껍질처럼
내 몸을 감싸고. 따뜻하다.

가족사진

그들은 모두 맨바닥에 누워 있었다
저마다 간격을 두었지만 서로의 핏물이
커튼처럼 그 간격 꼼꼼히 닫아주었다
무엇을 꼭 끌어안은 모습으로 누워 있는 여자의
발치엔 아기가 구토물같이 엎질러져 있었다
아파트 베란다마다 얼굴을 가린 여자들의
짧은 비명 소리 같은 엄마!
(엄마, 언제부턴가 모든 엄마는 비명이었다)
깊이 파헤쳐진 무덤처럼 누워 있는 여자
얼마나 귀가 찢어질 듯한 짧은, 엄마인가?
혼자 멀찍이 떨어져 누운 여자의 사내는
여전히 술냄새를 풍겼으므로
그의 핏물은 거침없이 여자에게로 향했다
이제는 피로써 서로에게 스밀 수 있다는 걸
딱딱하게 굳어 떨어지지 않을 때까지
그들은 눈을 감지 않아도 알 수 있으리, 순간
카메라 플래시가 터졌다, 그들도 이생에서
눈을 뜨고 가족사진을 박는다

봄날

비 그치고 까만 걸레 같은
새떼들의 그림자
한바탕 마당을 닦으며 지났습니다
구석구석 잘 닦인 마당 환합니다
빨랫줄을 치받고 선 장대의
금마저도 환한
봄날,
장대 금 사이로 맺혀 있는 물방울이
금 사이로 슬몃슬몃 스미고 있습니다
영영 다시 뜨지 못할 눈 감기고 있습니다
그래도 담장에 솟은 사이다 병 조각들은
제 모난 머리에다 봄볕을 얹고 깜빡,

깜빡 깜빡 깜빡,

깜빡이고 있습니다

봄날 2

개가 비를 맞으며
운동장 한복판에 앉아 있다
물방울 털어대는 새파란 상추 같은
먼산을 바라보고 있다 개는
털이 빠져 군데군데 드러난 살결마다
물감처럼 흉터가 굳어 있다 빗줄기에
뜯겨도 흉터로 아문 상처는
이제 아프지 않은 아픔이라
개는 사타구니에 난 흉터를 핥고 있다
입을 벌리고 헛구역질도 하고 있다
제 몸의 흉터처럼 군데군데 일그러진
운동장의 흙탕물들까지 개는
일어나 핥고 있다

무덤

당신을 흰 쌀밥에 섞네 그릇에 동그랗게 담긴
뜨거운 무덤 하나 안고 화장터를 나왔을 때
까만 걸레 같은 새떼들의 그림자
자꾸자꾸 내 눈을 닦으며 지나가고
환한 길, 이내 검은 산에 닿아 사라지네
산은 분만의 고통으로 탯줄 같은 길을 내놓는다는데
처녀림을 꼭 닫은 산, 천천히 나의 몸이
들어가네 붉은 흙들이 진초록 풀 비린내들이
매끄럽게 흘러내리고 점점 깊이 들어갈수록
나뭇잎과 바람의 신음 소리 질펵한 그늘 속
어디에 있나 무덤을 받아줄 명당자리는,
가까운 곳에서 물이 흐르는 소리 들려오고
나는 문득 물과 무덤처럼 만날 수 없게 된
당신과 나의 관계를 생각하네 아니
집안이 기울고 병든 자식을 낳아도 좋으리라,
물과 무덤이 만나는 사랑을 생각하네
아직은 길을 내지 못하고 흐르는 물, 흐르다 사라지는
골짜기에 이르러 이제 무덤을 내려놓네
순간 한 떼의 새들이 맹렬히 날아와 앉고
파헤쳐지는 무덤, 새들의 몸에 하얀 무덤이 묻네

눈물

족보를 펼친다

투명한 발이 달린 눈물들이 기어나온다

눈물들의 작은 발소리 옷 속으로 스며든다

눈물이빨들이 살을 물어뜯는다 상처 주는 법,

아주 잘 아는 듯 물어뜯은 곳을 간지럽게 만져주기도 한다

족보에 없는 그녀가 가슴에서 살아난다

그녀는 죽은 개미의 더듬이 같은 눈물로 방바닥을 더듬고만 살았다

눈물이 그치지 않아, 그 목소리마저 눈물귀신의 것이었다

그녀의 눈물더듬이가 쥐약을 더듬고 한 자루의 칼을 더듬다가

내림굿을 더듬는 밤, 지금 그 밤이 가슴에 천둥처럼 온다

내 가슴 가득 북 두들겨대는 소리 징이 울리는 소리

공중으로 솟구쳤다 땅바닥에 내려앉는 발소리

쾅쾅쾅쾅 목구멍까지 굿판이 치솟는다 얼굴이 달아오른다

오른쪽 눈과 왼쪽 눈을 그은 새파란 작두날, 그걸 사뿐히 밟고

날아올라 나의 두 눈에서 한 방울씩, 한 방울씩 쏟아지는,

눈물손톱 눈물이빨 눈물더듬이를 가진 벌레 같은

작은 어머니들을 꾹꾹 눌러 잡는 밤, 한판의 굿이 얼굴을 뚫고 나온다

아버지와 어머니

그가 보는 〈동물의 왕국〉 속; (뱀이 뱀을 먹으며 죽어
간다
같은 황토색 비늘이라 얼핏 보면 한 마리 같다
처음과 끝이 모두 꼬리인 길고긴 몸
뱀의 대가리는 몸 가운데에 멈춰 있다
그 두 눈은 핏빛이다 힘껏 뒹굴어도 끊어지지 않는
몸, 속으로 못 박히듯 또다른 몸이 채워지고 있다
황토색 비늘이 붉은 잔금들로 깨지기 시작한다
천천히 먹어치우며 가는 몸은 멀고먼 길이다
고독한 길 뱀은 자꾸 이빨을 박으며 간다
독은 길을 따라 몸속으로 서서히 퍼진다
이 끔찍한 길은 포장도로처럼 딱딱하게 굳는다
꾸역꾸역 삼키며 가는 길 뱀은 찔끔 눈을 감는다
그러자 몸속으로 스스로 기어들어가는 길
어쩌면 처음부터 저도 함께 안간힘 쓰며
몸속으로 밀려왔을, 서로의 몸 끝까지 가지 못하고
멎어버린다면 그 모습 얼마나 웃길까
천천히 몸속을 기어가는 숨막히는 길
서로 다른 끝을 보며 스쳐가듯 하나가 되는 고통 속
다시 슬그머니 눈을 뜬 뱀의 눈빛이 깊어졌다
함께 가자, 아가리를 크게 벌리고 뱀은 운다
커다랗게 부풀어오르며 완전히 하나가 된 시뻘건 몸
천천히 굳어가는데) 그가 보는 〈동물의 왕국〉 전원을
강제로 꺼버리는 그녀, 쩌억 벌어진 입에서 독이 쏟아

지고

　뱀 먹는 뱀처럼 갈 길이 정해진 듯
　거실을 기어가는 늙은 몸 하나

울지 않으면 죽는다

1

세상에 나올 때 나는 울지 않았다고 한다 할머니가 나를 때렸다고 한다 오늘은 보답하듯 나도 그녀의 가슴을 때렸지만

2

당신이 기르던 새를 내가 맡았네 당신 박수 소리에 울음을 울던 새 내 박수 소리에는 울지 않는 새 가만히 보니 방전이 된 새 그 가슴을 열고 힘세고 오래간다는 심장을 넣어주네 딸깍, 피 한 방울 같은 붉은빛으로 새의 귀가 밝네 내 박수 소리를 듣는 순간 눈꺼풀처럼 핏빛이 깜빡이네

귓속에서부터 몸속까지 울음의 시간을 전하러 스며드네 뱃속에 품은 알, 전구가 부화할 듯 환해진, 새는 그러나 울지 않았네 울음 터뜨리지 않는 갓 태어난 아기 때리듯, 새를 때렸네 그러자 다행히 파란 하늘을 건드리고 온 듯 점점 푸르게 밝아지는 새의 플라스틱 날개 그 두 눈속에는 분홍빛 동공이 한 점씩 새겨지네 울음을 바깥으로 밀어내는 것이 울음임을 알았을까 울음으로 꽉 잠긴 듯 환해진 새 다시, 박수를 치네 새를 울리네 또, 울지 않았네

현기증

칼을 쥐고 변소에 간다 변소에 매달린 끈을
끊으러 간다 끈을 잡고 반쯤 서서 일보던
당신의 몸속에는 숭숭 구멍이 뚫려 있었고
구멍들 중에 오래전 내가 살다 나온 구멍 하나;
나를 내뱉던 그날의 그 구멍처럼 변소가
뜨겁다 탯줄 같은 끈을 끊는데 우글우글 핏빛 똥통 속
구더기들 끓는 냄새 잉잉 파리떼 소리
덩달아 내 온몸에 맺힌 땀방울이 끓는다
툭, 끈은 끊어지고. 그러나 나는 왜 아직도 갇혀 있나?
자궁 속 태아 자세로 웅크리고 있는데
점점 밀려오는 환한 빛; 고개를 숙이고
빛을 향해 나는 머리부터 먼저 내밀고 나가는데
누군가 내 머리를 쭈욱 잡아빼고 있다
바짝 곤두서는 머리칼! 나의 몸이 솟구친다
빛이 입속으로 들어와 빛을 먹여준다
빛을 입에 물고 빛에 안겨 숨막히는 이 순간
나를 꼭 안았다가 다시 놓아주는 빛, 한없이
나는 떨어져내리고 빛은 사라져서 그늘진
마당에 주저앉아 나 이제 숨쉰다 희뜩희뜩
엄마를 죽이고 세상에 나온 신생아

할아버지가 그린 벽화 속의 풍경들

그 옛날 할아버지가 목침으로 찍어서 깨진, 할머니의 얼굴이 한밤중에 눈을 뜨면 있다. 아니 그것은 그림. 흘러내리는 그림. 이 밤, 죽은 할아버지가 기저귀를 돌돌 말아 붓처럼 쥐고 그림을 그리네. 춤처럼, 발작처럼, 온 사방 벽마다 흘러내리는 황홀한 그림. 죽죽 흘러내리는 그림. 그림 속에는 새하얀 함박눈이 내리고 따뜻한 쪽방 한 칸, 양배추 인형들에게 눈알을 달아주는 할머니는 천사 같아. 해맑은 눈알을 달고 아침이면 유모차에 실려 팔려나갈 인형들, 깔깔대는 그림. 죽죽 녹아내리는 그림. (사팔뜨기 불량품 인형들, 눈이 까뒤집힌 인형들도 있지) 이 밤 할아버지가 나를 그 양배추 인형으로 잘못 그렸나? 나 이부자리에서 흘러내려 악몽의 끝, 병든 소녀의 집으로 팔려간다. 엄마엄마 소녀를 엄마라고 부르는 순간, 소녀가 나의 할머니로 늙어버리는 흉측한 그림. 자꾸만 죽죽 흘러내리는 그림. 내가 엄마라고 부르는 것들은 모두 할머니가 된다. 품에 안겨 젖 빨아먹고 싶던 생의 모든 아름다움, 따뜻함, 예쁨, 그러나 할머니가 된 것들이여. 할머니가 된 것들은 사랑이 크다. 할머니가 된 것들은 젖이 없다. 냄새가 난다. 할머니가 된 것들은 고약하게 죽는다. 할머니가 된 것들의 사랑 앞에 나는 할아버지, 이 모든 것은 내가 그리는 그림, 한정 없이 죽죽 흘러내리는 그림. 그림 속에서 할머니의 팔이 나와 나에게 눈알을 달아준다. 머릿수건을 벗어 쓰윽 얼굴의 피 닦고 환한 얼굴로 할머니는 말한다. 아침마다 세상으로 팔려

가는 인형, 이제 그만 눈떠!

할아버지가 그린 벽화 속의 풍경들 2

겨울밤 할머니는 다라이 가득한 도라지들을 과도로 찬찬히 깎고 있다

뜨거운 물에 한참 불린 도라지들 껍질을 벗겨내자 하얗게 씻긴 낙태아들의 손가락 같은,

도라지들이 스케치북 속 우리 엄마 젖가슴을 따스하게 적시며 쌓이고 있다

엄마아, 엄마아아

내 곁에 누워 있는 기저귀 찬 할아버지, 먼 나라로 입양을 와 첫날 밤 맞은 아기처럼 울고 불며 엄마를 찾느라 자꾸만 허공을 헛잡으며 징징대고 있다

팩 베지밀에 빨대를 꽂아 몇 모금 먹여주고 나는 다시 돌아누웠다 이내 잠잠해졌다

봄이 오면 엄마가 온대요, 봄이 오면 엄마가 온대요, 할머니는 할아버지를 달래며 미친듯이 웃음을 터뜨렸다

눈은 푹푹 쏟아지고, 어디선가 대빗자루에 눈 쓸리는 소리 서서히 밀려오는 밤이었다

할아버지가 그린 벽화 속의 풍경들 3

장난감 가게에서 훔친 마술 공룡들
어항 속 찬물에 담가놓으면 조금씩 몸집이 커지는
신기한 고무 공룡들, 어느 날 할아버지가
공룡들을 씹어먹었다 그후 빙하기가 왔고
방안에 갇혀 할아버지는 벽화를 그렸다;

우리 엄마라, 할아버지가 그린 엄마의 얼굴은
샛노랗게 터진 채 여기저기 흩어져 있다
엄마가 되기 이전의 액체, 핏줄이 생기려는 듯
조금씩 핏빛이 드러나고 두근거렸지만
창밖은 폭설이 퍼붓는 어두운 빙하기, 엄마는 차가웠다

그러나 누구도 할아버지의 벽화를 그 속의
엄마를 지울 수는 없는 일 사랑의
얼굴은 벽마다 번지고 번져 우리를 지켜보고
차디찬 방으로 불어닥친 바람 소리 속
공룡들의 울음소리 이웃고 벽화는 화석처럼 얼어붙고

할머니의 냄비 가득 펄펄 끓는 오뎅들, 팔리지는 않고
터질 듯이 불은 오뎅들, 어느 날 눈보라 속을 뚫고 온
사나운 설인들이 오뎅을 다 먹어치웠다 그뒤
오뎅 꼬챙이를 지붕으로 집어던지며 잡아뗐다;

안 먹었어! 은빛 오뎅 냄비가 눈보라 속으로 뱅글뱅글

날아올랐다 공중에서 쏟아지는 오뎅 국물이
인간을 피랍할 때 쏟아지는 UFO의 빛처럼
할머니의 몸에 닿았다 한 겹 꺼풀이 벗겨진
할머니의 몸, 벽화 속의 붉은 엄마가 완성되었다
지워지지 않는 엄마의 무늬, 얼어붙어야만
깨끗하게 상처가 낫는 빙하기였지만

엄마는 따뜻했다, 품에 안겨 냄새를 맡아보면
상처의 냄새 봄의 냄새 사라지지 않았다
화상 자국 같은 봄이 곳곳에 만발했다
눈 녹은 지붕 위에서 할아버지의 뼈가 드러났다

고독

목련을 보러 나온 밤의 옥상,
바로 앞 건물의 반쯤 열린 고시원 욕실 창문 너머 중년 남자가 자위를 하고 있다.
옥상까지 장대하게 커 올라온 주인집 목련나무, 나도 환한 목련들도 남자를 훔쳐보는 것이다.

남자의 비대한 몸 전체가 붉다.
손에 잡혀 한참 만에 커진 자지가 가장 붉다.
벽을 짚고 있는 다른 한 손은 거미처럼 곤두서서, 천천히 가슴으로 건너와 목을 타고 오른다.
가슴을 폈다가 오므릴 때마다 파다닥파다닥
접힌 가슴살 옆구리살들 제 몸을 때리며 날아가려는 새의 날개같이 슬퍼 보였다.
점점점 핏줄이 몰려드는 중심,
아주 한참 만에 빳빳해진 그 끝에서 그러나 찔끔, 피어나 진득하게 맺혀 있는 중년의 즙.
남자는 그만 욕실 바닥에 쪼그려 앉고.
이 밤에도 손을 뻗어 만져보는 목련꽃의 목, 꽃을 보내기 위해 어제보다 더 흐물흐물 젖어 있다.
귀를 기울이니 큰 물소리가 들린다.
고시원 욕실의 남자는 비누 거품을 풀어 몸을 씻기 시작하였다.

까막눈

책 속에는 누추한 신데렐라가
거꾸로 뒤집혀 걸레질을 하고 있지만
아버지 무서운 줄 알고 어머니 말씀 잘 듣자,
그녀의 입에서는 염불 같은 음을 타고 첫
문장이 흘러나왔다 그녀의 두 눈 속에서는
허나 점점 아궁이 불이 타오르고 부지깽이로 책을 쑤셔넣는……
아버지 날 낳으시고 어머니 날 기르시니 효도하자,
입은 소리 내 글씨를 읽지만 눈은
불씨를 탁탁 떨어뜨리기 시작한다
글씨들은 훌훌 날아가는 까만 재일 뿐인데
어떻게 읽어야 할까
그녀는 매운 눈을 비벼대며 말을 잊지만
첫 마디 없는 손가락 하나 마치 마디가 있는 것처럼
그래서 눈을 찌르고 들어간 것처럼
눈을 비벼대고 막 피가 쏟아질 듯한 눈, 그 속에서
옛 봉제 공장 소녀의 봉숭아 향기
조금이라도 살짝 피어날 듯한데
공부 열심히 해서 장차 훌륭한 판검사가 되자,
그녀는 가까스로 다음 글씨를 읽고
여러 장을 한 장처럼 넘겨버렸다
거꾸로 뒤집힌 신데렐라의 호박 마차가 나타났지만
그녀는 이제 주문을 외듯 중얼댈 뿐
어쩌면 그것은 마법이었을까

지우개처럼 까맣게 닳기 시작한 시간에게
이름 석 자 쓰는 법마저도 하얗게 지워진 일,
지워진 자리마다 딱딱하게 굳은 상처들이
하나하나 터지며 제법 글씨로 살아나는 지금
까맣게 다 닳은 세월의 마지막 마법은
아버지 어머니 봉양하며 애 낳고 행복하게 살자,
그녀가 동화를 읽어주는 일이리라
아가의 신데렐라를 판검사로 만드는 까막눈,
구멍가게 앞 평상 위에서
할머니와 손녀가 함께 눈을 감는다

극락조화(極樂鳥花)

공장 다니는 친구 하나 연삭기에 코가 스친 순간
얼마나 깊이 다쳤나 슬쩍 코끝을 들어보았다고
코가 얼굴에서 뒤꿈치처럼 들렸다고 피가
터진 그의 얼굴이 이 저녁의 화단 안;
시름시들 숨이 멎어가는 저 붉은 극락조화 같았겠다.
날아오를 새의 형상이라는 꽃, 그러나 얼굴이 찢어져
있어
폭삭 주저앉은 새의 앉음새를 닮은 꽃, 느닷없이
세찬 바람에, 혹은 떼를 지어 지나가는 죽은 새들의 혼에
꽃 화 자를 지우고 속박에서 벗어난 듯
오롯하게 몸을 세우고 있는 한 마리 극락조,
훨훨훨훨 날아갈 자세다. 피 섞인 숨,
헐떡이는 극락조, 저 얼굴을 누가 찢었을까
상처로 숨을 쉬느라 아무 말 못하는 얼굴인데
행복해…… 한눈에 읽을 수 있는 환한 표정은
기뻐…… 황홀해…… 즐거움의 극치!
추운 가을 저녁의 환한 극락조, 피숨을
내쉬었다 들이마실 때마다 이승을 저승이게끔
느끼게 하는 노을이 화단 가득 번져
점점 더 붉어진 극락조 훨훨훨훨 훨훨훨훨
노을빛과 똑같은 색으로 날아갔나 한순간에
캄캄해진 화단 어두운 하늘, 저 너머에서
누군가 내 표정을 읽고 있는 것 같아
언젠가 문병 가서 본 친구의 그 다친 코를

꼭 붙잡고 있던; 꽃 화 자 같은 수술 자국을 생각하였다.

그곳이 작아지지 않는다

거북한 섬심 포만감 졸음에 겨운 오후
들락 말락 하는 잠 속에 여자가 맺혀 있다
눈을 뜨면 성에꽃처럼 슬프게 지워질 것 같아
눈을 감고 잠에게 내준 여자, 그러나 잠의 본질은 폭력인가?
옷이 찢어지는 여자, 스스로 옷을 벗는 여자, 혈액 봉투처럼
충만해진 내 혀가 잠 속으로 떨어진다 터진다 타오른다
번진다 녹는 여자, 나의 더운 몸속 가득 스민다
곧이어 환하게 다시 살아나는 여자, 이번에는
눈부신 치마를 입은 여자, 잠의 본질은 그리움인가?
먼 곳에서 누군가 보내주는 따스한 거울빛같이
내 얼굴 가득 춤추는 잡을 수 없는 치맛자락
여기 앉으세요! 애타게 갈구하듯
나의 파닥파닥 뛰는 눈 파르르 떨리는 눈꺼풀
언젠가 저녁을 함께 먹은 여자, 한 번도 만난 적 없는 여자,
잠이…… 추해진다…… 잠속으로 불쑥
커진 나의 그곳, 힘이 들어온다 딱딱하게
잠을 굳어버리게 하는 힘, 목을 매단 몸 같은
빳빳한 수직의 아픔이 치솟아 숨막힌다
어둡고 차갑게 식어가는 잠 여자의 비명 소리
눈을 뜨고 싶은데 딱딱한 나의 몸, 허공에 떠 있다
입이 벌어지고 천천히 흘러나오는 혀가 느껴진다

이런 나의 몸, 잠조차 온전히 받아주지 않았다

잠시 뒤 눈을 뜨고 혀를 잡아넣고
너저분한 직장의 책상 위로 숨을 토해낸다
화장실로 가 마른입을 헹구고 뱉어내는
끈적끈적한 물, 잠의 본질은 사랑인가?
그곳이 작아지지 않는다

봄비

난쟁이 집배원을 번쩍 들어올린 꿈
그래서 우편함에다 편지를 넣게 도와주려는 꿈
허나 우편함에 적힌 당신의 붉은 이름이
곧게 날이 서서 내 얼굴 위로 빗발치는 꿈
빗줄기가 내 얼굴을 온통 망가뜨리는 꿈
내 얼굴이 망가질수록 퉁퉁하게 살이 올라 날뛰는
빗줄기들, 난 편지를 주고 싶을 뿐야 소리치다
흩어지는 나의 입술, 그만 깜짝 놀라 들어올린
난쟁이 집배원을 밑으로 떨어뜨리며 깬 꿈
추락한 그 난쟁이 집배원의 머리가 박살이 난 듯
내 머릿속으로 밀려오는 싱싱한 핏물
피 냄새 역해 고개를 젓다 머리 밖으로
핏물이 튀어나가는 소리, 인 줄 알았더니
지금 저 창문을 때리고 있는 빗소리
창문에 머리를 기대자 내 머릿속으로
봄비…… 스며…… 핏물을…… 말갛게……
내 머릿속에 점점 번지는 환한 핏물

할머니의 새끼

빨랫줄 잡고 할머니 변소 가네요
땅을 비집고 올라온 느릅나무 뿌리처럼
돌아간 왼쪽 발목 왼쪽 손목은
자꾸만 못 간다, 못 간다, 하는데도
할머니 손에 빨래집게 하나, 둘, 셋, 넷……
계속해서 밀려가고 영차영차
할머니 변소에 막 당도했네요
때려치운 공장의 기계 돌아가는 소리처럼
매미들이 지겹게 우네요
말벌 한 마리 슬레이트 변소 지붕 끝을 툭
툭 건드리고 있네요

이놈아, 변소간 천장에 매달아놓은 줄
또 라이터로 지졌냐!

할머니 변소 문을 활짝 열어놓고 앉아
씨부랄 새끼, 한말씀 하시네

읍내 사거리

읍내 사거리에 가면 중앙약국이 있다
우리 동네 영란이 누나가
약사 보조로 일하고 있다
거미줄같이 침착한 주름의 약사,
언제나 내가 다른 병을 얻어 들르는 날에도;
변비는 어때요? 꼭 묻곤 한다

읍내 사거리에 가면 문방구 '종이나라'가 있다
초등학교 때 물체주머니 훔치다 잡힌 경력 탓에;
호적에 시뻘건 줄 죽죽 그어지면
빨갱이처럼 인생 조지는 거라!
할머니 말씀, 아직까지 듣고 있다
그래도 아직까지는
아주 인생을 조지진 않았지만

읍내 사거리에 가면 담배 파는 신발 가게가 있다
고등학생들도 담배를 산다
그곳에서 신발을 사는 이들은
노인들뿐 청년들은 담배만 산다
청년들은 그곳을 담뱃가게라고 부른다
한번 그곳에서 신발을 사 신은 나는
동창들에게 늙은이 취급을 당했다

읍내 사거리에 가면 왕순댓집이 있다

장날마다 극장처럼 사람들은 줄을 서고
검은 봉지 속에 한가득
순대를 돌무덤같이 담아 간다
오래 기다린 입덧처럼 봉지가
불끈불끈 흰 김을 토해낸다

읍내 사거리에 가면 꽃집이 있다
그 위층에는 신(辛)치과가 있다
꽃냄새와 약 냄새처럼
그 치과 간호사와 나, 연애를 했다……

꽃집에서 장미 한 송이씩 늘 사서
계단에다 놓아두곤 했다 어느 날,
장미를 짓밟고 그녀는 퇴근을 했다

읍내 사거리에 가면 다방이 두 개 있다
산유화다방과 개미다방
산유화는 늙은 레지들이 많고
개미는 어린 레지들이 많다
산유화 레지들은 밤마다 술집을 돌고
개미 레지들은 밤마다 여관으로 간다

읍내 사거리에 가면 나에게 침 뱉는 법과
좆춤 추는 법을 가르친 선배들이 있고

장날마다 땅바닥에 뒹구는 몇 알의 튀밥이 있다
어린아이들도 누구나 다 침을 뱉고
여자아이들은 여관처럼 잘 더러워진다
한번 이 읍을 떠났다 돌아온 사람은
겨울잠을 자고 온 곰처럼 온순하지만
금세 다시 사나움을 되찾고 만다
그리고, 다시는 떠나지 않는다

읍내 사거리에 가면
아무것도 없다

분홍색 흐느낌

이 밤 마당의 양철 쓰레기통에 불을 놓고
불태우는 할머니의 분홍색 외투
우르르 솟구치는 불씨들 공중에서 탁탁 터지는 소리
그 소리 따라 올려다본 하늘 저기
손가락에 반쯤 잡힌 단추 같은 달
그러나 하늘 가득 채워지고 있는 검은색,
가만히 올려다보는데 일순간
그해 겨울 용달차 가득 쌓여 있던 분홍색,
외투들이 똑같이 생긴 인형들처럼
분홍색 외투를 입은 수많은 할머니들이
나의 몸속에서 하늘을 향해 솟구친다
이제는 추억이 된 몸속의 흐느낌들이
검은 하늘 가득 분홍색을 죽죽 칠해나간다
값싼 외투에 깃들어 있는 석유 냄새처럼
비명의 냄새를 풍기는 흐느낌
확 질러버리려는 찰나! 나의 몸속으로
다시 돌아와 잠잠하게 잠기는 분홍색 흐느낌
분홍색 외투의 마지막 한 점 분홍이 타들어가고 있다

등대가 있는 곳

위층에서 터진 물소리가 점점 커진다
그는 또 여자의 머리채를 잡고 노를 젓는다
여자의 몸이 방바닥을 휘젓는 소리
그릇들이 난파되는 소리 비명 소리 속으로
콸콸 물이 쏟아지고 있는 중이다
지난 오후 내내 베란다에 앉아 있던 여자의
흐느낌은 물소리였다 이내 길고긴
골짜기가 되었다 붉은 화분이 하나둘 흘러갔고
앞날을 모르고 웃고 있는 환한 사진들이 흘러갔다
불붙은 편지는 뒷걸음질치며 느리게 흘러갔고
우수수 머리카락이 흘러갈 때
멀리 먼바다의 문어 대가리처럼 지던 태양은
먹물 같은 어둠을 갈겨버렸다
그때 첨벙첨벙 어둠을 밟으며 장화 신은 그가 온 것이다
늘 바다 비린내가 나는 그의 몸,
그는 거친 뱃사람인 것이다 그러나
한 번도 갑판에 올라본 적 없는 선장
토막나고 썩은 물고기들만 가득 싣고
그는 배의 바깥 손잡이를 끌며
허우적댔다 시장과 거리에서, 그는 자주 목격됐다
과중으로 인해 배의 뒤축이 침몰해버릴 때면
그의 굽은 몸도 덩달아 들어올려져 배와 함께
물위로 입을 내민 고래처럼 포효하곤 했었다
해가 저물고, 그의 배가 여자의 골짜기 끝에 정박했던

것이다

흘러간 것들을 다시 건져 올라온 그가
어딘지 모를 먼 곳으로 항해를 시작한 밤
물소리는 끝이 없고
도대체 저들은 어디까지 흘러간 것일까
귀를 막고 창문을 내다보면 너무 많은
등대의 불빛, 불빛들

나무도마

고깃덩어리의 피를 빨아먹으면 화색이 돌았다
너의 낯짝 싱싱한 야채의 숨결도 스미던 몸
그때마다 칼날에 탁탁 피와 숨결은 절단났다
식육점 앞, 아무것도 걸친 것 없이 버려진 맨몸

넓적다리 뼈다귀처럼 개들에게 물어뜯기는
아직도 상처받을 수 있는 쓸모 있는 몸, 그러나
몸 깊은 곳 상처의 냄새마저 이제 너를 떠난다
그것은 너의 세월, 혹은 영혼, 기억들; 토막난
죽은 몸들에게 짓눌려 피거품을 물던 너는
안 죽을 만큼의 상처가 고통스러웠다
간혹 매운 몸들이 으깨어지고 비릿한 심장의
파닥거림이 너의 몸으로 전해져도 눈물 흘릴
구멍 하나 없었다 상처 많은 너의 몸
딱딱하게 막혔다 꼭 무엇에 굶주린 듯
너의 몸 가장자리가 자꾸 움푹 패어갔다

그래서 예리한 칼날이 무력해진 것이다
쉽게 토막나고 다져지던 고깃덩이들이
한 번에 절단되지 않았던 것이다
너의 몸 그 움푹 팬 상처 때문에
칼날도 날이 부러지는 상처를 맛봤다
분노한 칼날은 칼끝으로 너의 그곳을 찍었겠지만
그곳은 상처들이 서로 엮이고 잇닿아

견고한 하나의 무늬를 이룩한 곳
세월의 때가 묻은 손바닥같이 상처에 태연한 곳
혹은 어떤 상처도 받지 않는 무덤 속 같은

너의 몸, 어느덧 냄새가 다 빠져나갔나보다
개들은 밤의 골목으로 기어들어가고
꼬리 내리듯 식육점 셔터가 내려지고 있었다

엄마들

저녁이 오면 집을 나오는 할머니들
피리 부는 사나이를 따라가는 쥐떼들, 처럼
홀린 듯 공터의 하얀 천막 속으로 들어가 앉는
할머니들, 오색빛깔 알전구 깜빡이는
무대를 바라보네 여장 남자가
풍선 가슴 터뜨리며 춤을 추고
뒤이어 늙은 난쟁이의 아코디언 연주, 빨대처럼
흐느끼는 할머니들에게 우리 어머니들,
한없이 오그라든 엄마엄마 엄마들!
가수는 절규하고 엄마들의 울음이
비명처럼 가득한 사랑의 효 잔치
오줌이 새고 뼈가 뚫렸다는 비명들
순간, 환한 약상자들이 무대를 가득 채우네
장판 밑에 베개 속에 숨겨둔 돈으로
약 사 먹는 엄마들, 비밀 효도관광도 가네
먼 도시의 문 닫힌 약 공장 구경 가네
식구들 약까지 가득가득 챙겨오는
엄마들, 방에 갇히네 혼자서 약을
먹어치우네 비명은 서서히
몸속을 떠나가고 어느 날
공터의 천막과 무대는 사라지네
봄이 오고 비명이 빠져나간
너덜너덜한 엄마들의 숨소리
집집마다 갇혀 있네 비명이 없는 엄마들

고요한 할머니들

팔인용 방

문을 열고 들어서자 일곱 사람이 누워 있다.
열네 개의 눈동자들이 나를 바라본다
짐을 내려놓을까 망설이는 날 눈동자들은
자신들과 같은 몰락한 집안의 남자로 혹은
인력시장 노동자로 점치고 있으리라 순간
나는 붉어진다

창피하다, 건드리면 푸석푸석 부서질 듯한
양말 뭉치들이 각자의 머리맡에 유서처럼
놓여 있고 울컥 발끝에서부터 올라오는
사람 냄새, 나 짐을 내려놓을까 망설이는데
창 너머 늦저녁의 저 붉은 눈동자 하나까지
합해 열다섯 개의 눈동자들이 나를 바라본다

비명을 지르고 싶다 나의 영역은
저 구석의 비어 있는 이부자리
눈꺼풀만한 얇은 이불에 사람들은 감기고
눈꺼풀에 감겨 꿈꾸는 눈동자처럼 파닥파닥
떨며 이불 속에서 꿈을 꾸는 몸들; 손목을
그었나 은밀한 흐느낌들 흘러나오고
눈꺼풀 밖으로 나오고픈 달콤한 꿈들이 펑펑
눈꺼풀을 터뜨리는 것이다 뜬눈으로
딱딱하게 굳어버리는 것이다 꿈이 빠져나간 몸들
몸에 달라붙은 붉은 이불을 떼어내면

검은 동공이 없는 눈동자같이 환한 몸들
아무도 눈을 감겨주지 않을 것이므로
이 저녁에도 여덟 명의 사람들로 꽉 들어찬 방,
사람들은 이불 속에서 악착같이 눈을 감고
잔다 이를 갈며. 아직 잠들 시간은 아니지만
나는 그만 짐을 내려놓는다

안 잊히는 일

시체를 머금은 그 붉은 물이
잠 속으로 쏟아지는 밤
이십 년 전의 할머니 손을 잡고 따라간다
윗마을 축사 마당에는
변소에서 건져올려진 불그스름하게 불어터진
돼지 사장 아저씨가 누워 있다
소방차 호스의 거센 물줄기에 씻겨지고 있다
봉오리를 활짝 터뜨리는 꽃처럼 아저씨의 몸이
뻥, 물에 터져버리고 한 장의 빨간 혓바닥처럼
붉은 물이 구경꾼들의 발끝까지 밀려왔다
환한 봄인데
할머니, 왜 자꾸 내 눈을 가리는 거야
니코틴 내 지독한 손을 뿌리치자 나는
할머니와 나의 집, 단칸방 아랫목에서 눈을 떴다
곧바로 동그랗게 뚫린 지붕이 보인다
그 너머로 먹구름이 지나가고 있다
나를 여기서 건져올려주세요! 쏟아져나온 내 비명이
메아리가 되어 다시 내 몸속으로 들어와 갇힌다
할머니는 말없이 짐을 꾸리고 집 앞에서
고개를 쳐든 포클레인처럼
사납게 빗어진 먹구름들은 빗방울을 떨어뜨리고
점점 방바닥을 찍어대는 빗물에 쓸려
붉은 물이 자꾸 퍼붓는 잠, 내 눈꺼풀은
돼지 사장 아저씨의 터져버린 몸을 쓸어담던 쓰레받기

처럼
이 밤에도 붉은 물을 안으로 안으로 퍼 담는다

만남

바지만 입던 여자 웬일로 치마를 다 입었네
재활원 뒤뜰, 치마폭 밑으로 나온 다리 하나로
목발을 짚고 걷는 여자 치마폭 속 뭉툭한 다리는
뱃속의 아기처럼 발길질을 해대고 민망하게 펼쳐지는
하얀 치마가 폐백 받는 자세로 햇볕을 받는다
저도 상처가 있다고, 나무로부터 잘려진 뒤꽁무니를
바짝 쳐들던 낙엽들 이제 둥글게 상처를 말아 묶고
봇짐처럼 부스럭대며 풀숲에 박혀 있다
(상처는 풀어보고 싶지 않은 짐 속의 낯선 물건?)
바지를 입으면 꼭 한쪽 바짓가랑이를 단단히 묶던 여자
그 매듭 풀어버리느라 부러진 손톱 같은
눈물 흘렸나 얼굴에 그어진 빨간 자국들
상처만이 상처를 아파하지 않는가
치마폭 밑으로 나온 다리 하나보다 붉은 복숭아뼈보다
발등의 핏줄보다 파란 풀물이 든 목발 끝자락보다
치마폭 속의 상처가 살아 날뛴다 바람이 불고
상처만이 상처를 만나주는가, 저도 상처가 있다고
치마폭 속으로 뛰어오르는 낙엽들

집착

인사동 cafe vook's 앞에 서 있는데
제 의족을 빼서 머리에 베고
길에서 잠자는 사내. 흐린 하늘 꽝!
천둥소리 사내는 눈을 뜨고 다시
의족을 끼운다. 마음에서
잘라버린 덩어리, 나 잠시 거기 머리를 베고 눈
감아본다 사랑해, 너를 아직도!
막 퍼붓는 가을비 번개의 섬광!
빗물 들어차 소름 돋는 끽끽,
의족 소리 마구 들뜨는 마음.
활짝 펼쳐지는 내 검은 우산 속으로
들어오는 섬광 같은 덩어리 너의
몸. 오래도록 증오의
온도 속 상처는 썩어 물러져서
네 몸에 내 몸을 끼우는 것, 함께
내딛는 것, 우리 한 덩어리.
우산 속에 혼자 서 있는데
나의 한쪽 어깨가 젖는다.

이발소 가는 길

손등에 글씨를 쓰고 날갯짓을 한 문창과 동생,
몸이 무거운 새* 그 날개에 남겨진 글씨; *삶이 무겁다*
상투적이지만…… 이발소를 찾아가는 이 저녁, 삶이
무겁다 벌써 초겨울 낙엽 깔린 불광동 골목,
가슴을 내놓고 박수를 치는 여자; 이제 두 돌이 지났다고
많이 컸다고……(내 눈엔 보이지 않는 무게) 죽은 아기가
크고 있다 나날이 커질 무게, 행복하고 불행한 무게.
그나저나 이발소는 보이지 않고, 제 똥 보고 좋아라 하는
변비 환자같이 떨어진 무게를 굽어보는 홀가분한 가로수들,
처럼 잘라달라고 할까? 뜨거운 이발소 수건에 덮여
벌겋게 익을 얼굴 하얀 거품이 발린 무게 덩어리.
이발사는 칼을 들고 나를 내려다보며 말하리라, 눈감으세요.
그러나 얼마 만에 와보는 이발소인데 어둡고 한산하다.
의자에 앉아 이발소의 꽃, 달력 속 벗은 여자를 바라본다.
사랑하지 않으면서 발기하는 몹쓸 무게 순간
대문처럼 서서히 열리기 시작하는 전신거울, 거기
환하게 나타나는 붉은빛 통로! 어서 건너오라고
내게 손짓하는 여자! 잘못 온 길인데 제대로 온 길같이
설레다 머릿속의 무게들이 가볍게 떨리고 온몸 가득

퍼져나가는 (((떨림))) 천천히 입이 벌어지고, 삶이……

상투적이라 말하지 않기로 한다.

* 그의 추모문집 제목임.

늪

코끼리는 어떻게 죽나요?
동춘 서커스단에는 얼어죽은 코끼리의
박제가 있다는데 저 코끼리의 비애도 그와 같을까요?*

여섯 번을 갈고 난 다음 마지막 이빨까지 다 닳아버렸다는
저 코끼리, 늙은 코끼리가 스스로 제 무덤을 찾아가
몸을 묻는다는 전설은; 사실 이렇죠 동물원 가이드는
확성기로 진실을 말해주네요 코끼리는 늪에서만 자란다는
연한 풀을 씹어먹으러 갔다 빠져 죽는다고 마지막까지,

흐물흐물한 풀을 씹어먹는다고. 동물원의 키 높은
초록 울타리 너머 저 코끼리 그러나 기계가 빻아준 풀을
오물오물 소처럼 씹고 있어 죽을 수가 없어요
코끼리의 엉덩짝에 소보로빵처럼 붙어 있는 똥을
파리들이 뜯어먹고 있어요 회색빛 주름들이
비명 같은 육십 년 세월의 먼지를 내지르네요

순간 나는 보았어요 코끼리의 입에서 쏟아져나오는
검은 늪을, 오지 않는 코끼리를 찾아 먼길을 온
늪이 코끼리의 몸속에서 넘쳐나고 있음을
죽음이 생명을 그리워하며 몸속까지 찾아왔어요
그러나, 동물원 가이드는 확성기로 또 설명을 하네요

소화기관의 노화로 먹은 풀을 토해대는 것이라고
굶어죽기 전에 안락사를 시킨다고, 거짓말을 하네요
저기 보세요 자꾸자꾸 쏟아져나오는 늪 속에 묻히기 위해
코끼리는 입속으로 코부터 밀어넣고 있는데

* 황인숙의 시 「코끼리」를 부분 인용했음.

우리집에서나가주세요

영하의 밤 광화문 지하상가 지나며 보네 저 여자의 집, 숨을 내쉴 때마다 조금씩 부푸는 집, 부풀었다가 다시 줄어드는 집, 점점 김이 서리는 흐릿한 집

왜지? 나 문득 지하 단칸방에 살았던 스무 살 겨울이 생각나 그때 허구한 날 찾아와 쾅쾅쾅 문을 두드리던 그 여자, 나에게 애걸했네; 우리집에서나가주세요. 나보다 먼저 그 지하를 살다 나간 여자, 동거하던 남자가 죽어서 미쳐 나갔다는. *얼굴이 점점 붉어지는 저 여자의 집, 숨막히는 집, 아주아주 더운 집, 흐물흐물 찢어질 것 같은 집*

그때 나는 그 여자의 집을, 아니 기억을 망쳐놓은 것, 아무리 방을 쓸어도 그 여자의 긴 머리카락들은 자꾸만 튀어나왔네 내 몸에 붙어 집주인처럼 닦달했네 우리집에서나가주세요. 그들이 남기고 간 벽거울에 화이트로 조그맣게 새겨진 글씨, 그 여자의 이름과 죽은 남자의 이름이었네 그 이름과 이름 사이 싱싱한 사랑의 하트—공포는 소름 돋는 사랑 같았네 밤마다 내 잠 속 가득 자명종처럼 울던 그 목소리, 우리집에서나가주세요우리집에서나가주세요우리집에서나가주세요…… *바람에 휘날리는 집, 훨훨 날아갈 것 같은 집, 그러다 차츰 여자의 몸에 달라붙은 집, 여자가 제 이빨과 손가락 발끝으로 꼭 잡고 눕는 집*

그해 겨울, 그 집을 내놓고 떠나던 날 비로소 용서받는 기분. 그러나 지금까지 여러 집들을 지나는 동안 늘 우리집에서나가주세요, 그 목소리만은 끊이지 않았네 언제쯤

이면 정착할 수 있을까 가난에 미치는 것은 사랑에 미치는 일과 같아, 언제나 가장 행복한 기억만을 쾅쾅쾅 두드리네 나, 그만, 받아달라고. 한 장의 커다란 비닐, 저 여자의 집을 뜯어내는 자원봉사자들은 마치 철거반 같아, 여자에게 무덤보다도 깊은 이불을 덮어주고

명상

오래전에 문을 닫은 영화관을 스쳐지난다. 저기 아직도 걸려 있는 낡은 그림 간판; 〈초콜릿〉 웃고 있는 쥘리에트 비노슈, 그녀의 귀를 바라보는 듯한 혹은 핥는 듯한 측면 얼굴의 조니 뎁. 그 영화 속에서 그는 아름다운 기타를 가진 보트 유랑자였다. (한때 나도 아름다운 기타를 가진 보트 유랑자가 되고 싶었다. 겉멋이라고, 생각하면서도 또다시 아름다운 기타를 가진 보트 유랑자가 되겠다고 꿈꾼다,

간절히) 그러자 서서히,

어디서 왔는지 모를 작은 초콜릿 하나
입안에서 녹는다. 문득 남몰래
사랑하고 있는 여자가 더 사랑스러워지고
하나 남은 세상의 길처럼 두 눈 가득 들어차는 푸른 강물,
거리의 인파들 희뿌연 건물들 다 사라지고
어느새 내 발밑을 떠받치고 있는 검은 보트,
나는 흘러가는데 누군가 내 어깨를 붙잡으며
빨간불이에요, 하는 아득한 소리
돌아보면 안개 낀 음울한 강물뿐 나는 한없이 흘러가는데
노래를 부르기 위해 손을 뻗어 기타를 더듬는다.

잘 만져지지 않는다. 안개는 깊어지고

내가 만지고 있는 것은 누군가의 뼈 같다.
손이 살 속으로 파고들어간 듯 만져지는 뼈가 축축하다.
너무 싱싱하게 젖어 있어 오히려 기분이 상할 정도다.
음악이 되지 못하는

꿈

—2년 동안

봄이 온다며 할머니는
화분을 하나 사왔다 며칠 후
할아버지가 돌아가셨다.
높은 언덕배기 화장터 화구에다
할아버지를 밀어넣었다.

희한한 일이었다 그 누구도
화분에다 흙을 채우지 않았는데
화분에는 흙이 한가득 들어찼다.

할머니가 중풍으로 쓰러졌다 몇 달 후
모시고 살던 외증조할머니
단식으로 세상을 뜨셨다.
높은 언덕배기 화장터 화구에다
외증조할머니도 밀어넣었다.

희한한 일이었다 그 누구도
화분에다 꽃씨를 심지 않았는데
화분에는 꽃이 자라나 봉오리를 터뜨렸다.

아니,
생각하니,
할머니가 화분을 사오던 날,
나는 그날 야밤에 술 취해 들어오다

그 화분을 밟아 깨뜨렸는데!

근황

—먼저 죽은 민수에게

텅텅 빈 화분 세 개
마당에 나뒹굴고 있어
아주 훤히 비었으므로
게워낼 것도 없어 그저
채워야만 하는 마음뿐인 듯
그 마음만으로도 그냥
살아내야 한다는 듯

흐린 하늘의 먹구름 순간순간씩
햇볕은 조루처럼 내리쬐다 가고
콘크리트 마당 또렷또렷 찍히는
빗방울들, 하나하나 수를 세다
퍼붓는 소낙비를 보고만 있어

내 사는 곳에 냇물이 아주 파랗게 익었거든 조약돌에 귀를 대보면 몸속이 따스해지거든 물위에 뜬 골뱅이 줍는 아줌마들의 작은 등판 하나하나, 징검다리같이 밟고 오는 산그늘 시원해서 참 좋거든 산란기의 붉은 배를 드러내며 일제히 꽃다발처럼 물위로 튀어오르는 서거리떼, 군침이 돌거든 물방울 잔뜩 묻은 새파란 상추 같은 산에는 또, 벌써 송이버섯들 소나무 밑에서 귀두를 들어올리기도 해 나는 요새 자꾸 군침만 돌거든 성욕처럼 어찌할 수 없이 능금나무에 물이 올라 초록빛 열매 가지가지 돋아나고, 한복 곱게 차려입은 사과 아가씨들은 아름답고

순진하거든 지난겨울부터 놀러온다고 해놓고 영영 오지 않는, 이봐 좀 섭섭한데 거기서 여기까지 고작 몇 발짝이나 된다고.

소낙비 금방 그치고
무지개도 하나 뻗지 않은 하늘
둘러보고 있어 이제 여름도 다
갔어

안개

구름도 시름시들 늙어 아프면
땅바닥에 내려와 눕습니다 할머니
정거장에서 당신을 기다리며 나는
그 늙은 구름들을 묻을
땅을 파고 놀았습니다

십 년을 그랬습니다 어느덧 할머니 당신이
정거장에서 나를 기다리며
그 늙은 구름들이 묻힌 땅을 밟고 서
계십니다 오늘은
몇 박스나 팔았느냐
몇 박스의 땀을 흘렸느냐
아직 일러요 요즘은 마진도 하나 안 남아요 할머니
이제 마중 나오지 마요 나도 이제, 스물셋. 이에요

어쩌면 내가 묻어준 그 늙은 구름들 속에
내가 미처 보지 못했던 몇 박스의 꿈들도
묻혔나봅니다
할머니 당신이 이토록 작은 몸 웅크리며
떨고 있습니다
이제 마중 나오지 마요 나도 이제 어른이에요

그 늙은 구름들을 묻은 정거장 담벼락 아래
할머니와 나는 맞담배를 태우고 오늘도

집으로 돌아갑니다

뒤늦은 대꾸

빈방, 탄불 꺼진 오스스 추운 방,
나는 여태 안산으로 돌아갈 생각도 않고,
며칠 전 당신이 눈을 감은 아랫목에,
질 나쁜 산소호흡기처럼 엎드려 있어요
내내 함께 있어준 후배는 아침에 서울로 갔어요
당신이 없으니 이제 천장에 닿을 듯한 그 따뜻한
밥 구경도 다 했다, 아쉬워하며 떠난 후배
보내고 오는 길에 주먹질 같은 눈을 맞았어요
불현듯 오래전 당신이 하신 말씀; 기습아,
인제 내 없이도 너 혼자서 산다, 그 말씀,
생각이 나, 그때는 내가 할 수 없었던,
너무도 뒤늦게 새삼스레 이제야
큰 소리로 해보는 대꾸; 그럼요,
할머니, 나 혼자도 살 수 있어요,
살 수 있는데, 저 문틈 사이로 숭숭 들어오는,

눈치 없는
눈발
몇
몇,

손님

은행나무 빈 가지 끝에
검은 비닐봉지 걸려 있습니다

맥없이 추욱 처져 너풀거리다
바람에 불룩하게 부풀기 시작하자
유리 파편들처럼 봉지에 박힌 햇볕들
서서히,
일그러짐을 펴며—
팽팽히 번집니다 순간 환해진
풍만한 비닐봉지, 빈 가지 끝에
한 점 제 살을 떼어주고 떠납니다

오오, 자유를 향한 상처여

나의 뒤꿈치가 들립니다

문학소년

어느 날 이 조고만한 시골 초등학교에
한 소년이 전학을 왔지

소년 패거리단이 도토리 주먹으로
운동장을 장악하며 소녀들의
치마를 걷어올려볼 때
우리 전학생 소년은

중립의 플라타너스 나무 그늘 아래 앉아
시를 읽었지
플라타너스 잎에다 시를 써서 높은
바람에 날려보냈지

마을의 골목마다 읍내 사거리마다
플라타너스 잎 한 장 한 장 내려앉고
소년의 시 한 편 한 편
누구나 다 읽어보게 됐지

어느 날 플라타너스 나무 아래로
사람들이 왕왕 몰려들었어
운동장의 소년 패거리단도
힘없는 울보 소녀들도 몰려와
우리 전학생 소년의
시를 읽는 달빛의 눈과

시를 쓰는 길고 흰 손가락을
신기한 듯 쳐다봤어 그런데,

갑자기, 피를 토하며 소년은 죽어버렸어
플라타너스 잎들도 한꺼번에 와르르 져버렸어
어두워지고 있었어
사람들은 시시하다 웃으며 침 뱉으며
다시 마을로 돌아갔고 소년들도
다시 소녀들을 울리며 괴롭히며
소리쳤어 소리쳤어

늙게 살면 빨리 죽는 거야
희망을 말하면 빨리 죽는 거야

(안녕)

—점촌 터미널에서

두 노인이 서로 마주보고 서서
대화를 나누고 있다
비록 입술을 봉오리처럼 봉긋 다문 채
손가락을 움직여 나누는 대화지만
손가락이 목소리를 내지만
그렇지만 어떤가
저 담 너머 플라타너스 빈 가지들 또한
두 노인의 앙상한 손가락같이 쌩쌩— 휘날린다
눈 털어 날린다

노인들 곁을 지나는
여자의 등에 업힌 아기가 자꾸만
눈을 깜빡이며 뒤돌아본다 붉어진다

이 빽빽한 웅성거림 속에서
저 노인들은 고요하다
부드럽다
향기롭다
대화를 접은 손가락으로
눈을 씻으며, 그러나 한 노인만이
가르랑대는 버스에 오른다

남은 노인도 매한가지 눈을 씻으며
눈을 씻는

손가락 끝의 반짝임이 아, 속삭인다

(안녕)

문경

여자아이들은 여관처럼 잘 더러워지고
사내아이들은 침을 뱉고 춎춤을 추고
노인 하나 죽으면 꼭 이웃 노인 하나 더 죽고
적적하지 않게 말벗하며 함께 가는 그 길처럼
젊은이들도 짝을 지어 대처로 떠나고
그러나 금세 다시 돌아와 겨울잠을 자고 온 곰처럼
사나워만지고 상처받은 사투리는 무기가 되고
간혹 타지에서 흘러들어온 길 잃은 망아지 같은
차를 험한 궤도로 빵빵이 돌리게 하고 이곳은
야당의 소읍, 사람들의 정치 토론 속
김대중은 여전히 빨갱이고 국민학교 교사 시절의
박정희가 살던 초가집 그 잊혀진 관광명소에서
아직도 마당을 쓸고 절을 하는 순박한 임자들 있고
그리하여 지나간 날의 그 어느 봄날처럼
속히 철도가 개통되고 샴페인이 터진 봄,
광산으로 향하는 열차의 기적 소리 부활하고
이제 그곳은 석탄박물관, 박제가 된 광부들이 웃고 있고
"석탄가루 토해대며 우린 죽는다!"
는 사거리 플래카드를 걷어낼 별다른 소식은 없고
광산의 플라스틱 광부들은 영영 삽질을 하고
모두 돈을 내고 옛날을 구경하며 살아가고
살아가는 문경.

나비

귀신들이 꽃밭에서 제 살을 찢어 날리고 있다
한 점 한 점 허공을 떠다니는 살점들
혈액 봉투처럼 뚝뚝 떨어지는 피를
받아먹은 꽃들 새빨갛다
허공을 떠다니는 자꾸자꾸 피를 떨어뜨리는
그러나 고요한 살점들
사랑처럼, 상처처럼 돋아 있는 소름들
이제 다 찢어 날린 그들이
꽃가루와 몸을 섞어 내 꿈의 눈을 멀게 하려나
뼈밖에 안 남은 몸으로 꽃그늘을 기어다닌다
달그락달그락 서로 뒤엉켜 구슬땀을 흘린다
몸을 비벼댈 때마다 떨어지는 환한 뼛가루들
꽃그늘을 이끌고 꽃밭을 넘어 사방천지
번져나간다, 집 나온 개들의 새까만 털에도
잔뜩 번져, 빛나는 붓처럼
여기저기 뒹구는 개들이 봄을 색칠하는 사월,
저기 꽃밭에서 아이 하나 채를 휘두르고 있다
바늘을 꽂아 영영 썩지 않는 박제를 만들고 싶어
한 점 살을 향해 채를 휘두를 때마다 그러나
뼈다귀들만 한 움큼씩 잡힐 뿐, 잡힌 만큼 달그락달그락
어두워지는 소리 무서워 집으로 돌아가는 아이
꽃들의 상부마다 내려앉아 있다 다시
팔랑팔랑 날아올라 핏빛 노을을 짜내는

꽃상여

욕창으로 짓무른 나의 몸 곳곳에, 꽃들이 수북하게 피었다. 나는 스스로 꽃상여가 되었다. 초라하지 않게 내 꽃들 골고루 햇볕 다 받길 바라, 나는 내 입으로 곡을 하며 길을 떠난다. 산소호흡기와 오줌 호스를 떼어놓는 순간. 질긴 가래 덩어리와 썩은 오물 방울들이 바닥으로 떨어진다.

*

낯익은 화장터 화구에 누워 있으면
서서히 발끝부터 당는 꿈의 불, 나를
눈뜨게 했다 한밤중에. 때론 거울로 만들어진 관 속에서
울부짖기도 했다. 밤새 그 밤의 어둠에 쓸려갈 듯했던
눈동자의 검은자위처럼 바싹 오그라든 저 나무 그림자
속에서 벌건 핏대 형태로 쭈글쭈글한 노인들 꿈틀댄다.
다들 가벼운 돛배처럼 잔잔히 지나가는 꽃상여를 본다.
그림자 속의 부채질들이 미안한 눈꺼풀처럼 분주하다.
백년 만에 꽃상여에 오른 그녀,
이따금 지팡이를 짚고 죽은 자들을 찾아다녔다.
(우리 할머닌 이제 없어요 자꾸 찾아오지 말아요.)
죽은 자들로 꽉 찬 기억에서 죽음이 사라진 순간
살아서 보는 그 신비로운 세계는 어떤 것이었을까
몸의 모든 구멍은 매표소 구멍처럼 분주해졌고
몸속에서 몸 밖으로 나갈 발걸음은 두근거렸다

그 세계는 일절 에누리가 없었으므로
똥칠을 한 기억들마저 다 받아주고도 아직 남은 그것
개천 접시 물에 홀로 뜬 징검돌로 사랑받듯 부풀다
뒤늦게 발견된 그녀, 지금은 저 꽃상여에 올랐다.
백년 만에 저렇게도 큰 꽃다발을 내밀어 연애를 건다.
죽음은 수줍지만, 꽃상여는 꽃을 떨어뜨리지 않는다.

*

나는 가던 길을 매번 다시 돌아온다.
이생의 산소호흡기와 오줌 호스를 탯줄처럼 다시 꽂고,
눈을 뜨면 사라진 내 몸의 꽃들. 실연당할수록 꽃보다는 향기가 그립다. 매일매일 하루분의 향기를 제공받지만, 그 향기 왜 맡지 못할까 사람들은, 왜 그것을 목숨이라고 할까

버려진 스탠드

너랑 하기 싫어 나는 불똥을 싸버렸네 너의 손가락이 나를 발기시킨다는 것, 환하디환하게 발기한 나를 그리고 또 너의 손가락이 멋대로 잠재운다는 것, 정말 싫어 찔끔찔끔 나는 불꽃 눈물을 떨어뜨렸네 그러자 나의 긴 목을 탁 꺾어버린 너, 내 얼굴을 까만 비닐봉지로 덮어씌우고 묶어버렸네 네 손가락을 핥던 환한 빛을 내 얼굴을 언제나 느끼지 못한 너처럼 불감증 같은 죽음, 아니 죽음 같은 불감증에 나도 걸렸나 나의 목을 움켜쥔 네 힘이 느껴지지 않네 너랑 하기 싫어 무너진 나를 데리고 너는 어디로 가는지 나에겐 은은한 달빛 냄새조차 맡아지지 않네 벙어리 울음 같은 내 흐느낌, 흐물흐물 나를 가둔 까만 비닐봉지만이 쪽쪽, 나와 키스를 나누네

(키스)
(키스)
(키스)
너는 나에게 (키스) 아무것도 아니었을까
너를 위하여 (키스) 빛을 짜내던 내 몸속의
핏줄들이 툭 (키스) 툭 끊어져도 아프지 않네
어딘지 모를 (키스) 곳에다 나를 눕히고 돌아가는
멀어지는 네 (키스) 발소리 슬프지 않네
나는 너에게 (키스) 아무것도 아니었을까
(키스)
(키스)

(키스)

집으로 가는 길

흰 고무신들이 디딤돌 위에
나란히 나란히 올려져 있어
흡사 깨끗한 피아노 건반마냥
아기자기 소리 낼 것도 같아
저녁나절 할머니들의 불 밝은 방
가장 높은음자리들의 웃음소리

할머니 저녁 먹으러 가요
경로당 마당의 리기다소나무 그림자
핏줄처럼 나보다 먼저 디딤돌을 밟고
할머니 끝내 놓쳐버린 샛노란 혈압약들
이제는 당신 집어드시기 딱 좋게
하나하나 저녁 별로 떠오르는 듯

별도 하나 나지 않은 어두운 저녁
골목골목, 물기 어린 나뭇잎들 간신히
날아간 자리마다 귓바퀴 지문 같은
흔적들이 남아 울먹이고 있어
어느 뿌리의 부음을 듣고 날아갔는지

여기저기 흩어져 나뒹굴던 제 새끼들을
어쩜 이렇게 다 한자리에 불러모았을까
등불 아래 밥 한 공기와 함께
이씨네 대문 앞에 놓여 있는

흰 고무신 한 켤레

멀리 전깃줄 사이로 보이는 저 비탈의
경로당 불빛은 오선지에 걸려 있는 음표,
처럼 한없이 떨다 사라지고

그녀의 치마폭 같은

배꼽을 가만히 들여다본다
소용돌이가 보인다
손가락을 넣으면 깊이깊이
날 빨아들이려 하는 소용돌이
(이런 연습을 나는 무수히 해왔다)*
내가 그 속으로 미역줄기처럼
질질질, 빨려들어간다

생의 모든 기억들 일제히 뿜어져나와
소용돌이 속에서 와글와글 돌아친다
(좀 있음 내 이름과 남성도 영영 떠나겠지
왜 나는 한번 미워진 사람을 끝까지 미워했는지)
두 눈 부릅뜨고 죽은 내 할머니가
소녀 같은 윙크로 눈물 한 방울
뚝 떨어뜨리고 떠나가자
그녀의 눈물 한 방울로 따스하게 돌아가는 소용돌이

옛날 숨바꼭질할 때 내가 숨어들던
그녀의 치마폭 같은 소용돌이, 야릇한
그 치마폭 속 냄새 배어 있는 소용돌이
속에서 나 이렇게 자꾸자꾸 둘 다 한 점이 될까
무의식과 자의식의 경계에서 오도 가도 못하는 원죄
처럼
아님 또 아침에 눈을 뜨고 머리를 쥐어뜯을까

먼 기억 하나 아주 잊어버린 듯한 얼굴들이
아침마다 붉은 눈을 깜빡이고, 움츠리고, 뺨을 꼬집고,
꿈이라고

나는 비로소 천년 된 미라의 눈곱 같은 한 점
아직 남자도 여자도 아닌 피와 살과 뼈다귀들이
그러나 숨이 막혀 도저히 살 수 없어, 점 속에서
이제 잠잠하게 수그러든 소용돌이 밖으로
우주비행선 안을 떠다니는 똥오줌처럼 튀어나오고
서로 부딪쳐 한바탕 불꽃을 튀기며 이루는 한몸
무언가 자꾸 한 가지씩 잊어버리며

다시 배꼽 밖으로 벧어지는 내 지겨운 몸
다시 배꼽 속으로 손가락을

* 김수영의 시 「현대식 교량」에서 인용.

치마폭 자취방

치맛자락 같아 창문을 가린 저 하얀 꽃무늬 커튼은 나는 마치 한 여자의 치마폭 속에 들어온 것 같아 한 마리 푸른 연어처럼 모천을 향해 뛰어오르고 싶어 반딧불이 같아 앉은뱅이책상 밑 밥솥의 보온 불빛은 반딧불이라도 날개 다친 반딧불이 같아 오래 묵은 밥 냄새를 품은 아주 작은 빛, 내 머릿속까지 힘겹게 날아왔다가 빛을 잃고 구더기처럼 기어나가는 따뜻했던 당신의 기억 나를 치마폭 속에서만 굽어살피시는, 얼굴과 몸을 영영 감춘 어머니 보고파 그 몸을 안고파 치마폭 훌렁 걷어내니 또 한 겹의 칠흑 같은 치마폭 속 저 꼭대기 음모에 가린 듯한 흐린 달, 아래로 줄줄이 까놓은 새끼들 같아 언덕배기 봉천동의 불빛들은

영향

눈물을 흘릴 때 내 얼굴은 할머니의 얼굴 같다
입술을 내밀 때 내 얼굴은 외증조할머니의 얼굴 같다
먼 옛날 할아버지가 집어던진 목침에 맞아 이마가
깨진 할머니의 얼굴이 어느 날 내 애인의 얼굴에

가을, 붉은 단풍이 든다

정착

검은 곰팡이들 흉흉한 벽에 도배를 한다
창문 너머 자욱한 흙먼지 바람 일고
나뭇잎들, 반 칸 더 떨어져 누울 바닥을 발견하고는
창살 사이로 숭숭 떨어지는 이곳 반지하
바나나우유색 도배지에 덮여간다
남이 쓰다 남기고 간 혹은 버리고 간
난쟁이 냉장고와 앉은뱅이책상이 친구처럼 몸을 기대고 있고
습한 신발 속 같은 냄새가 나는 방
쿵쿵대는 발소리들이 함부로 꺾어 신는 방
이 방 사이즈에 턱없이 작은 햇볕이 또각또각
창을 넘어온 행인들의 다리 그림자에 부러지고
도배지들도 자꾸 벗겨지고, 꿈에 너무 젖어
흐물흐물 흘러내리는 희망과 사랑처럼
지저분한 상처들이 드러난다
그만 따라다녔음 싶은 것들
풀을 먹이며 탁탁 다독이면
찢어지지 않을 만큼 꼭 그만큼
울음들이 빳빳해지는 방,
이곳을 먼저 살다 간 이는
어디로 갔을까 이 서울 바닥을 떠났을까
살림을 두고 갈 만큼 좋은 그곳은 어디인지
도배지를 천장으로 들이대며 거기 붙어 있는
까만 야광 별들 하나하나 모두 걷어낸다

이제 내 집이다

밤비

안녕 똥장군 아저씨?
내 몸속에도 그 구렁이 같은 호스 들이밀어줘
똥처럼 퍼내갈 것들이 참 많거든 나 이 밤에도
더듬더듬 벽의 스위치를 찾아 불을 밝혔어
그러나 깜빡깜빡 들어올 듯 말 듯한 저 불빛
처럼 생각날 듯 말 듯 날 애태우는 꿈들

음산한 기슭에 방치된 공중변소처럼
나랑 하룻밤 자실 분, 원조교제 대환영, 장기 사고팝니다, 동성연애자 연락
요망, 할머니를 여기 빠뜨려 죽였다!
이런 낙서들로 잔뜩 도배를 하고 자꾸만 내게,
나는 너의 꿈 나는 너의 꿈 나는 너의 꿈
몸속에 꽉꽉 차서 우글우글대고 있는 것들?

가까스로 불이 들어와 이승의 한 점을 찍는 내 흐릿한 방
나는 손가락으로 목젖을 두드리며 작별의 노래를 불렀어
구더기들이 꿈틀대는 듯 내 몸속은 몹시 뜨끔뜨끔해
똥 푸기 전 똥통에다 물 한 바가지 먹이는 것처럼
샘으로 뛰어나가 수돗물을 마시며 똥장군 아저씨
나도 당신 같은 구세주를 기다려도 될까?

환한 꿈이 되지 못한 어두운 밤 구름들이

달을 가르고 이 세상 모든 똥들의 어머니인 척
혹은 계모인 척 유방처럼 뭉쳐 젖을 뿌려대고 있어
미안해 똥장군 아저씨, 당신을 더는 기다릴 수 없어
엎어지는 공중변소처럼 나 그냥 다 쏟아내고 말았어
모조리 쏟아져 모락모락 김을 피워내고 있는 꿈의 물결들,

엄마 젖을 향해 흘러가고 있어
손대기 싫어 나는 방문을 열어주었어
느릿느릿한 그것들 참, 갈 길이 멀어

원에게

너도 나를 포기한 사람들 가운데 하나다,
미안하지만 나는 한때 이러한 의심을 했다.
갖은 노래와 농담을 입에 달고 다닌다는 것;
때로는 사람에게 상처를 주는 일이었다. 나는
안다 누군가의 사랑을 받기 위해서는, 애인에게
사과를 깎아주는 너무도 순한 처녀처럼
혹은 다 큰 자식들뿐인 집의 새엄마처럼
칼을 쥐고 떨어야만 한다는 걸. 떨림;
언제나 내 부족함은 바로 그것이었다.

그러나 한번 미워진 사람은,
어떠한 추억을 막론하고,
끝까지 미워하는,
나의 기질은 변함이 없다.
사랑하는 일보다 미워하는 일의

(((떨림)))

내가,
오백 년 전 프랑스의 궁중 악사였음을 확인한
전생 체험; 그때 나는 지루한 궁전을 탈출한 죄로
사형당했다, 수많은 횃불들이 내 몸을 더럽혔지만
나를 위해 울어준 이들은 모두 난쟁이였다.
그러나 그 난쟁이들과 내가 어떻게 친구가 되었는지는

전생 체험을 통해서 보지 못했으므로, 너를 만난
이생에서 나는 그것을 깨닫고 있는지도 모른다.
걱정은, 나는 이생도 탈출하는 게 아닐까, 하는 것이다.

즐거운 엄마

여자는 웃고 있었다
한 장의 잎처럼 붉게 물든 물속에 가라앉아
화분 밑바닥에서 피를 다 짜낸 뿌리처럼 하얗게
이를 드러내고 웃고 있었다
붉은 잎이 흘러넘치는 소리로 부서지는 소리로
꽃 지는 구경 오라 사람들 불러모은 여자
눈을 뜨고 웃고 있었다
도마뱀이 꼬리를 끊고 달아나듯 장정들의
손에 붙잡히자 제 팔뚝 살을 끊어낸 여자
욕조 속에서 너무도 흐물흐물, 웃고 있었다
그렇게 후련하게 꽃을 피운 듯
피 한 방울 없이 하얗게 부풀어 있었다, 누군가
욕실 거울에 새겨진 그 글씨를 읽었다
내 뱃속에 네 핏 덩 이 가……
갓 태어난 여아의 그곳처럼 손목의
상처는 너무도 깨끗했고, 평화로웠고
사랑을 버리기 위해 스스로 그은 상처는
사랑할 때의 속옷처럼 수줍게, 반쯤 뼈를 드러냈다
나는 사진을 찍고 기록을 해야 한다, 붉은 물속에서
여자는 영정사진처럼 즐겁다

메뚜기떼가 지나다

메뚜기떼가 들판을 지난다. 할아버지가 왈칵 토해대던 석탄가루 같은, 메뚜기떼가 들풀을 먹어치우며 간다. 들판 곳곳에 숭숭 맨땅이 드러나고. 갸르릉갸르릉 들판의 목숨이 들린다. 할아버지의 종신 지켜보던 날, 나는 목숨의 소리를 들었네. 할아버지 목구멍에 척척 가래들이 엉키던 소리. 빳빳해진 목 우두둑 뒤틀리던 소리. 벙어리들이 한꺼번에 질러대는 듯한, 목 속의 비명 소리. 주파수처럼 끊이지 않던 그 소리, 소리들. 이 아침, 저 들판에선 메뚜기떼 수수억 쌍의 날갯짓 소리, 들이 어둠으로 커다랗게 뭉치고. 와글와글 들끓는 어둠. 들판을 씹어먹으며 나아가는 어둠. 뒤꽁무니로 환한 죽음을 싸며 부푸는 어둠. 이윽고 뒤늦게 농부들이 닭들을 풀어놓자, 콕콕 부리에 물어뜯기는 어둠 일순간 쩍쩍 갈라진다. 사방으로 검은 입자들 뿔뿔이 흩어져나간다. 서서히 잦아드는 어둠의 소리 이내 멀리멀리 사라져가고. 들판 곳곳에서 배가 불룩한 닭들이, 똥을 싸며 질러대는 긴 울음소리.

죄책감

느낌이 왔다
등을 구부리고 앉아 떡을 먹는데 등에 담처럼 박힌 느낌,
느낌을 보내려고 저 이화령(梨花嶺)의 병꽃나무를 바라보았으나
거기 붉은색에 버무려져 뜨겁게 파닥대는 느낌, 추억처럼
다시 돌아와 한 사람의 모습으로 커지는 느낌; 그는
병든 사람이다 팔뚝의 주사 자국들은 미친 별자리 같다
등을 구부리고 한 그릇 국수를 말아먹는 그는
지금 내 등에 박힌 느낌, 그는 이빨이 다 빠졌고
안타깝게 면발을 놓치는 잇몸 사이로 하얀 혀가
넌출같이 흐느끼는 소리 어두운 방에서 혼자
그는 죽은 사람이다 더러운 요에 덮여, 지금 이 봄날
담처럼 내 등에 박힌 몸, 점점 내 등은 구부러졌으나
저기 병꽃나무의 붉은 품속에서 잠깐잠깐씩
하얗게 병꽃나무를 늙게 하는 봄볕같이
나를 따뜻하게 늙게 하는 죽은 몸, 죽은 환한 몸,
내 몸에 겹쳐졌다가 서서히 사라지는
느낌이 몸처럼 왔다 가는 것이었다 날마다
그렇게 끈질기게 나를 찾아오는 몸이 있다
이제야 그 몸을 사랑하였다

문학동네포에지 028
분홍색 흐느낌

초판 인쇄 2021년 7월 23일
초판 발행 2021년 7월 31일

지은이—신기섭
책임편집—유성원
편집—김민정 김필균 김동휘 송원경
표지 디자인—이기준 백지은
본문 디자인—이주영
마케팅—정민호 김도윤
홍보—김희숙 함유지 김현지 이소정 이미희 박지원
제작—강신은 김동욱 임현식
제작처—영신사

펴낸곳—(주)문학동네
펴낸이—염현숙
출판등록—1993년 10월 22일 제406-2003-000045호
주소—10881 경기도 파주시 회동길 210
전자우편—editor@munhak.com
대표전화—031-955-8888 / 팩스—031-955-8855
문의전화—031-955-3576(마케팅), 031-955-8865(편집)
문학동네카페—cafe.naver.com/mhdn
트위터—@munhakdongne
북클럽문학동네—bookclubmunhak.com

ISBN 978-89-546-8008-0 03810

www.munhak.com

문학동네